La princesse qui domptait les dragons

PAUL THIÈS

La princesse qui domptait les dragons

ILLUSTRATIONS DE PHILIPPE DIEMUNSCH

Castor Poche

87 quai Panhard-et-Levassor – 75647 Paris Cedex 13
ISBN : 978-2-0812-6579-0

Prologue

À dos de dragon

Normalement, les histoires de princesses se terminent toujours de la même façon : le crapaud redevient prince charmant, la sorcière se retrouve à la marmite, on découpe le dragon en tranches très fines, le roi et la reine donnent une fête dans la salle du trône. Ensuite, la belle princesse épouse le prince charmant. Ils habitent un beau château, avec du lilas, du réséda, des pétunias et des tas de dahlias, sans compter les nénuphars où s'ennuient les crapauds qui ne sont pas encore redevenus princes.

Ça, c'est pour les histoires ordinaires et les princesses normales. Seulement, la princesse Clémentine n'était **ABSOLUMENT PAS** normale. D'abord, elle détestait les princes charmants ; elle les exécrait, elle les haïssait, elle les abominait ! Elle avait même failli en transformer deux ou trois en crapauds baveux la dernière fois qu'elle en avait rencontré. En plus, Clémentine était amoureuse de son petit bouffon, qui s'appelait Barnabé Cabriole, qui adorait les farces, comme elle, qui avait les cheveux rouges, comme elle, et qui l'aimait autant qu'elle l'aimait, lui. Le

seul problème, c'est qu'ils se disputaient tout le temps ! Ils avaient très mauvais caractère, surtout Clémentine !

À eux deux, Clémentine et Cabriole avaient semé la panique au château du roi, à l'École des princesses, à l'École des princes charmants et au grand tournoi des princes charmants. Clémentine et Cabriole avaient même sauvé la vie d'un petit dragon rouge qu'on devait découper en rondelles à la fin du tournoi. Il s'appelait Krüü et les enfants s'étaient enfuis sur son dos.

Maintenant, il fallait ramener Krüü chez lui. Et là, les choses risquaient de se compliquer...

Chapitre 1

Malondine

Les trois voyageurs se posèrent pour la nuit près d'un large ruisseau qui courait entre deux rangées de saules.

Les arbres délicats, dorés par l'automne, se penchaient sur l'eau. Leurs longues feuilles luisantes jouaient avec la brume et le vent. Les branches, minces et souples, bruissaient doucement comme si elles chantonnaient, chantonnaient...

Clémentine et Cabriole mirent pied à terre avec un soupir de soulagement : ils avaient toujours un peu peur de glisser du dos écailleux de leur nouvel ami !

Il fallait s'organiser pour la nuit : Cabriole ramassa un tas de bois mort que Krüü alluma d'une seule flamme. Ensuite, le petit fou fabriqua quelques broches avec des branches pointues pendant que Clémentine posait des pièges à lapin un peu partout. Une princesse normale n'aurait jamais su se débrouiller en pleine campagne, mais Cabriole, élevé dans une forêt car ses parents étaient bûcherons, lui disait comment faire. En plus, Clémentine adorait le civet !

Soudain, alors que le repas sentait déjà drôlement bon, Krüü leva le museau et s'écria :

– Sniff, sniff… Quelqu'un approche !

– Qui… qui ça ? bredouilla Cabriole, déjà vert de frousse.

– Sniff, sniff… renifla encore Krüü. Il s'agit de quelqu'un qui n'est pas tout à fait humain…

– Oh ! là ! là ! gémit Cabriole. Ça va encore être quelque chose de gluant et de visqueux !

– Ça m'étonnerait ! répliqua Clémentine d'un air intéressé. Regarde derrière toi !

– Derrière moi ? répéta le petit fou en écarquillant les yeux.

Cabriole, blême, se retourna en tremblant. Une fille de son âge l'observait. Le feu éclairait ses longs cheveux sombres. Elle portait une robe chatoyante à la lueur des flammes, faite d'une étrange étoffe noir et vert. Elle était pieds nus et tenait une branche de saule à la main. Ses larges yeux verts, fendus en amande, scintillaient bizarrement, comme des émeraudes.

À cet instant, plusieurs choses arrivèrent. Clémentine, qui était facilement jalouse, pensa sombrement : « Je suis sûre que Cabriole la trouve jolie ! »

Cabriole, tout à fait rassuré, pensa : « Oh ! oh ! Hé ! hé !! Elle est drôlement jolie ! »

Krüü remua doucement ses cornes et pensa : « Hum... Cette fille est bizarre, j'en suis sûr. D'où sort-elle ? »

Il se lécha discrètement les babines et ajouta en lui-même : « Hum hum... Je me demande si elle est bonne à manger... »

La jeune inconnue parut lire dans les pensées du dragonnet. Elle leva la baguette qu'elle tenait à la main et prononça une formule magique. Krüü se tenait justement sous un des saules du ruisseau. L'arbre frémit comme si une vie propre l'animait brusquement. Les branches flexibles devenues des liens, ou des tentacules, s'abattirent sur Krüü et le ligotèrent en un clin d'œil. Le petit dragon, furieux, ouvrit la gueule pour cracher du feu mais l'inconnue, devinant une fois de plus ses intentions, lui ordonna d'une voix tranchante :

– Tiens-toi tranquille ou l'arbre t'étranglera !

Krüü resta coi. Il baissa les cornes en lançant un regard lamentable à ses amis. Clémentine et Cabriole échangèrent un coup d'œil inquiet. La petite princesse connaissait deux ou trois tours de magie, elle pouvait même changer les princes charmants en crapauds baveux, mais elle se savait incapable d'affronter l'inconnue. Il valait mieux se montrer prudents...

– Tenez-vous tranquilles, répéta la fille en s'adressant cette fois aux jeunes humains. Je m'appelle Malondine et je ne vous ferai pas de mal... pour le moment.

– Malondine ? Drôle de nom ! grogna Clémentine.

– Chuuuut... souffla Cabriole. Tu vas la vexer.

– Je m'appelle comme ça parce que mon père est un sorcier et ma mère une des ondines de la rivière, expliqua l'inconnue. C'est grâce à eux que je possède des pouvoirs magiques.

– Vraiment ? répliqua Clémentine de sa voix la plus désagréable. Et que nous veux-tu, Malondine ? Tu devrais avoir honte d'ennuyer un pauvre petit dragon qui n'a jamais fait de mal à personne.

– Pauvre petit dragon… répéta Malondine d'un ton moqueur. Je suis sûre qu'il a déjà croqué des tas de gens sans leur demander leur avis, ton dragon !

– Ça suffit ! s'exclama Clémentine en tapant du pied. Qu'est-ce que tu veux ?

Les prunelles d'émeraude scintillèrent de nouveau. Malondine sourit tranquillement, puis elle chantonna d'une voix douce :

Verts mes yeux,
vert mon ruisseau
et vert mon secret.
Verts mes yeux,
jaune la lune
et doux mon secret.
Verts mes yeux,
noire la nuit
et beau mon secret.
Verts mes yeux,
rouge le feu
et vert mon secret...

– Qu'est-ce que tu dis ? demanda Clémentine d'une voix impatiente. Je n'y comprends rien !

« Vert, vert, vert... La pauvre ! Elle a dû manger trop d'épinards et ça lui a ramolli le cerveau ! » pensa Cabriole en secouant la tête.

Malondine le fixa un court instant et déclara tranquillement :

– Tu me crois folle, petit fou, mais tu te trompes.

Elle sourit et ajouta :

– Tu me crois folle et tu as peur de moi, Barnabé Cabriole, mais je ne te ferai aucun mal, car tu es le gardien de mon secret, mon doux secret, mon beau secret, même si tu l'ignores.

Elle sourit encore, adressa une révérence moqueuse à Clémentine, tira la langue à Krüü toujours ligoté par les branches de saule et conclut :

– À bientôt, noble princesse ! À bientôt, tortue à pattes ! À très bientôt, mon fol ami ! Je te surveille, car mon secret est lié à ton avenir. Ta vie même dépend de lui !

Elle leva la main et agita de nouveau sa baguette. Le saule frémit, gémit, s'agita et ouvrit ses branches. Krüü était libre ! Le jeune dragon, furieux, fonça en avant, cornes baissées, mais en vain : la sorcière avait disparu dans la nuit !

Clémentine, Cabriole et Krüü la cherchèrent sans succès à travers les hautes herbes.

Ensuite, ils discutèrent pendant un bon moment. Qui était exactement Malondine ? Comment connaissait-elle leurs noms ? Était-elle

dangereuse ? Lorsque la nuit tomba, ils n'étaient pas plus avancés.

– On verra bien. Il vaut mieux dormir ! conclut Cabriole qui bâillait à s'en décrocher la mâchoire.

Clémentine approuva de la tête : elle ne voulait pas que son petit fou pense trop à la belle inconnue. Il faut dire qu'elle était plutôt jalouse !

Naturellement, la princesse était très raisonnable : pas question d'étrangler Cabriole s'il regardait une autre fille. **Non !** Clémentine se contenterait de le découper en petits morceaux et de lui faire manger ses propres oreilles !

Chapitre 2

Les montagnes Grises

L'aube se levait sur la campagne. Le ruisseau chantonnait toujours, comme s'il ne s'était rien passé de spécial la nuit précédente.

Il faisait doux. Le soleil brillait, le vent soufflait, les oiseaux chantaient. Clémentine, Cabriole et Krüü bâillèrent à qui mieux mieux, puis ils prirent leur petit déjeuner en vitesse : des baies rouges pour les enfants et un cochon sauvage qui passait par là pour le petit dragon.

Malondine n'était pas revenue. Les trois amis fouillèrent à nouveau la berge sans retrouver sa trace. Ils discutèrent de leur aventure de la veille, sans pouvoir deviner les intentions de la jeune sorcière. Quant à son secret...

Krüü et ses compagnons reprirent leur voyage. Ils survolèrent longtemps les champs de blé et les vignes dorées, les bois où rôdaient elfes et loups, les rivières brillantes où nageaient les parentes de Malondine, d'étranges créatures aux longs cheveux flottants.

– Tout va bien ! Mon nid, c'est tout droit, au milieu des montagnes Grises ! cria le dragonnet qui frétillait d'excitation entre deux nuages.

– Parfait ! Fonce ! On y sera sûrement avant la nuit ! répondit Clémentine avec optimisme.

– Oui, oui, nous arriverons juste à temps pour le dîner, répondit gaiement Krüü.

– Ah oui ? Et vous mangez quoi, dans la famille ? s'informa Cabriole, méfiant.

– Bof, un peu de tout, répondit le petit dragon. Des chevaliers en armure, des princes en saumure et même des vagabonds sans chaussures.

– J'en étais sûr ! glapit Cabriole. **C'EST UN PIÈGE !** On va se faire croquer par des tas de monstres mal élevés ! Ils vont nous dévorer ! Je veux descendre !

– Tu es **VRAIMENT** le roi des froussards, lui reprocha Clémentine en haussant les épaules. Il ne nous arrivera rien !

– Ah oui ? Et pourquoi ça ? répliqua Cabriole d'un ton boudeur.

– Eh bien ! parce que nous avons sauvé la vie de Krüü. C'est notre ami ! Sa famille ne nous fera rien, répondit Clémentine. Ce n'est pas vrai ? demanda la princesse au dragonnet qui se taisait.

– Hum... marmonna-t-il d'un air gêné.

– Ils ne nous feront rien, pas vrai ? insista Clémentine avec un peu moins d'assurance.

– Ben...

– Dis donc, espèce de lézard à cornes, tu ne nous conduits pas à la marmite ? insista Clémentine qui commençait à s'inquiéter, elle aussi.

– Ben... c'est-à-dire que mon papa et ma maman mangent les gens qui passent par là, c'est normal chez les dragons, expliqua Krüü d'un air gêné.

– Je le savais, gémit Cabriole en pâlissant. Je le savais ! Il faut descendre de ce goinfre à pattes avant de finir en brochette, en côtelettes, en omelette !

Trop tard ! Krüü survolait à présent de hautes montagnes surmontées de sommets neigeux, de pics tranchants et de volcans enveloppés de fumée. Et justement, un groupe d'immenses créatures ailées, cornues et griffues, surgit d'un cratère d'où jaillissaient des gerbes de lave.

– Papa ! Maman ! Hourra, c'est moi, **je suis là !** hurla le petit dragon en cabriolant de joie.

Il cabriola si fort en plein ciel que Cabriole et Clémentine glissèrent de son dos et tombèrent dans le vide !

– **QUEL ABRUTI !** hurla la princesse.

– Cette fois, c'est la fin, gémit Cabriole en voyant le sol rocheux se rapprocher de lui à vive allure. Adieu veaux, vaches, cochons, on finira dans le ventre d'un dragon !

Chapitre 3

Le nid des dragons

Les dragons affamés virent Clémentine et Cabriole tournoyer dans le vide. Ils se précipitèrent sur eux et les rattrapèrent juste à temps ! Cabriole se retrouva la tête en bas, suspendu par son fond de culotte aux dents pointues d'un monstre. Il avait le mal de l'air ! Clémentine, rouge de rage, s'agitait comme un beau diable, mais la dragonne la retenait par le col de sa chemise.

Trois dragonnets, des triplets qui se ressemblaient du bout des cornes à la pointe des griffes (c'étaient les petits frères de Krüü), tournaient autour de leurs parents en suppliant :

– Papa, maman, **ON A FAIM !**

– Miam ! Miam ! On veut goûter aux humains.

– Il n'en est pas question, déclara le père dragon sans trop desserrer les crocs, pour que Cabriole ne lui échappe pas. Vous savez bien que votre maman vous a interdit de manger entre les repas.

– Allez, papa, s'il te plaît ! insista un des petits. Rien qu'une bouchée. Juste un brin d'oreille, un poil d'orteil.

– **NON, NON ET NON !** On les mangera demain soir, et tu partageras l'humain avec tes frères. N'oublie jamais la politesse. Un dragon bien élevé pense toujours à sa famille !

Les dragons emportèrent les prisonniers jusqu'à leur repaire. Leur nid se dissimulait au fond d'un vaste cratère, au sommet des montagnes Grises...

Les nains de la région avaient jadis construit un immense château fort couronné de tours crénelées et de donjons imprenables. Des tunnels lugubres et d'obscurs corridors s'enfonçaient sous terre, vers les mines d'or, de charbon et de fer où les nains travaillaient. Mais un jour, les mines s'étaient taries. Les nains étaient partis et les dragons les avaient remplacés.

En bas, dans la plaine, des tas de princes charmants et de vaillants chevaliers galopaient dans tous les sens en brandissant leurs épées. Ils cherchaient les nids des dragons dans les potagers, sous les potirons et au milieu des champignons, mais aucun d'entre eux ne se risquait jamais dans les montagnes Grises. Personne ne viendrait donc à l'aide de Clémentine et de Cabriole. Ils étaient **perdus** !

Chapitre 4

La princesse en cage

Les dragons conduisirent les enfants à travers les souterrains du château, dans la plus sombre des oubliettes, une cave tellement sinistre que les rats claquaient des dents en passant par là. Les souris se rongeaient nerveusement les moustaches en traversant les cachots, et elles se sauvaient le plus vite possible.

Les dragons enfermèrent leurs captifs dans une grande cage rouillée qui datait de l'époque des nains.

– C'était vraiment une bonne idée de garder cette cage comme garde-manger. Tu te souviens du roi Gorgon le graisseux et de ses trois gros princes charmants ? sourit la maman de Krüü, qui s'appelait Värvärä la vorace.

– Et comment ! s'exclama son papa, qui se nommait Casïmïr le cruel. Un des meilleurs repas de ma vie !

Les dragons s'en allèrent en se léchant les babines, suivis par les jeunes triplets, qui s'appelaient Rïk, Räk et Rök. Krüü, l'air très ennuyé, resta seul devant la cage. Il regardait ses amis d'un air malheureux.

– Vite ! Fais-nous sortir d'ici, souffla Clémentine.

– Je ne peux pas, répondit Krüü d'une voix gênée. Je n'ai pas la clef et je ne suis pas assez fort pour briser les barreaux de la cage.

– Crache du feu pour nous aider ! lui suggéra Clémentine.

– C'est impossible, répondit Krüü. Et si je crache des flammes pour faire fondre les barreaux, vous brûlerez aussi ! Je ne peux rien faire du tout !

– Mais... mais alors... on va vraiment se faire croquer ? frémit Clémentine.

– Toi, tu comprends vite mais il faut t'expliquer longtemps, grogna Cabriole. Nous sommes fichus ! Je savais bien qu'il fallait se méfier de ces dragons !

– Je suis vraiment désolé, marmonna Krüü. Ce n'est pas ma faute.

– Peut-être, mais tu reprendras sûrement une côtelette de Clémentine, n'est-ce pas ? ronchonna Cabriole.

Krüü baissa la tête, poussa un gros soupir et cracha par erreur quelques étincelles juste sous le nez de Cabriole.

– C'est ça ! Ne te gêne surtout pas ! maugréa le petit bouffon. Tu n'as qu'à me faire cuire tout de suite tant que tu y es.

Le pauvre Krüü, de plus en plus gêné, n'osa rien lui répondre. Il soupira de plus belle et quitta l'oubliette en baissant les cornes d'un air lamentable.

Une fois seuls, Clémentine et Cabriole se disputèrent à pleins poumons, comme d'habitude.

– C'est ta faute ! s'écria la princesse.

– Comment ? MA faute ? hurla Cabriole, rouge de rage. Si tu étais restée tranquillement dans ton château et si tu avais épousé un de ces crétins de princes charmants, il ne serait rien arrivé !

– NON ! C'est TA faute ! répliqua Clémentine. Tu n'avais qu'à les exterminer, ces dragons, si tu étais un vrai héros ! Après tout, ils n'étaient que cinq dont trois tout petits, des dragonnets à peine plus gros que des lézards ! N'importe quel prince charmant les aurait massacrés en un tour de main !

– Et puis quoi encore ? Tu es vraiment inconsciente ! explosa Cabriole.

– Et toi, un vulgaire petit bouffon ! répliqua son amie. Tu n'es bon qu'à faire le pitre et à remuer tes grelots !

À cet instant, une drôle de voix leur coupa la parole, une voix étrange, à la fois rauque et fluette. Et le plus bizarre, c'est que cette voix sortait de la poche de Cabriole. Elle disait :

– Dites donc, vous deux, si vous continuez à vous étriper comme ça, vous n'échapperez sûrement pas aux dragons.

Cabriole sursauta et Clémentine ouvrit des yeux larges comme des soucoupes.

– Qui... qui est là ? demanda Cabriole d'une voix tremblante. Un fantôme ?

– C'est ça, ironisa Clémentine, c'est le fantôme du roi Gorgon.

– Ne… ne plaisante pas avec ces choses-là… bredouilla Cabriole en blêmissant.

Il frissonna de tous ses membres et chevrota sans oser toucher sa poche :

– Qui… est… là ?

– C'est moi ! répondit la drôle de voix.

Cabriole, absolument épouvanté, sentit quelque chose de visqueux remuer dans sa poche et **HOP !** un gros crapaud s'en échappa et tomba sur le sol de la cage. Il se faufila entre les barreaux et se retrouva sur les dalles de l'oubliette.

Le batracien s'immobilisa, regarda les jeunes prisonniers de ses yeux globuleux et ricana :

– Ha ! ha ! ha ! Je suis drôlement content que les dragons vous aient coâcés, heu, coincés ! C'est bien fait pour vous !

– Cette voix… je reconnais cette voix… marmonna Cabriole.

– Moi aussi, répliqua Clémentine en ouvrant des yeux larges comme des roues de moulin. C'est la voix de mon cousin, le prince Frédéri c !

Chapitre 5

L'affreux Frédéric

Le crapaud était tellement excité qu'il sautillait sur place. Il s'agissait en apparence d'un crapaud très ordinaire, une bestiole visqueuse et baveuse, mais ses yeux verdâtres trahissaient son intelligence.

– Oui, c'est moâ, heu, moi, gronda-t-il en se gonflant de colère, comme s'il voulait ressembler à trois bœufs à la fois. Tu te souviens de moi, Clémentine ? Tu m'as volé la formule magique qui change les princes en crapauds, celle que ma grand-mère la sorcière m'avait apprise ! Ensuite tu m'as ensorcelé, juste avant le grand tournoi, et je me suis retrouvé coincé dans la poche de cet imbécile !

– Je ne suis pas un imbécile ! s'indigna Cabriole.

C'était la première fois de sa vie qu'un crapaud l'insultait. C'était drôlement vexant !

– **JE-NE-SUIS-PAS-UN-IMBÉCILE !** martela-t-il avec fureur.

– Tais-toi, espèce d'idiot ! le coupa Clémentine.

Elle se tourna vers le crapaud et lui expliqua :

– Je ne l'ai pas fait exprès. Je voulais seulement empêcher le tournoi.

– Ah oui ? Eh bien tu t'es trompée et je me retrouve crapaud quand même, ronchonna Frédéric. Mais au moins, j'ai pu passer à travers les barreaux de la cage ! Je ne me ferai pas croquer, moi ! Je file d'ici, et j'espère que les dragons vont se régaler !

– Attends ! Ne t'en va pas ! s'écria Clémentine. Tu dois nous aider !

– Vous aider ? Il n'en est pas question ! s'exclama Frédéric d'une voix mauvaise. D'ailleurs, ce serait impossible même si je le voulais. Je ne suis plus qu'un crapaud, au cas où tu ne l'aurais pas remarqué. Je ne peux rien faire pour vous.

– Vite, vite ! intervint Cabriole en se tournant vers Clémentine. Inverse le sortilège et change-le de nouveau en garçon pour qu'il puisse nous aider, maintenant qu'il est dehors !

Le crapaud Frédéric fit un bond prodigieux. Ses gros yeux brillaient d'espoir.

– Oui ! oui ! **AIDE-MOÂ!** lança-t-il.

– C'est impossible, affirma Clémentine. La formule magique ne marche que dans un sens. Je ne saurais pas te rechanger en prince charmant.

Le crapaud, très déçu, s'affaissa sur ses pattes palmées.

– Alors, je n'ai plus qu'à me trouver un nénuphar pour y passer le reste de mon existence, soupira-t-il d'un air si lamentable que pour une fois, Cabriole, qui le détestait, eut pitié de lui.

– Attendez, je crois... que j'ai une idée... marmonna le petit fou en se grattant le bout du nez pour mieux réfléchir.

– Explique-toi ! lui ordonna Clémentine.

– C'est très simple ! affirma Cabriole. Tu es une princesse et lui un crapaud, non ? Tu n'as qu'à l'embrasser et tout redeviendra comme avant ! Et ensuite, il nous aidera à sortir de la cage !

– L'embrasser ? Moi ? Lui ? s'indigna Clémentine. Ce vilain crapaud qui n'est qu'un abruti de prince charmant juste comme je les déteste ? IL N'EN EST PAS QUESTION ! Je ne l'embrasserai pas même s'il était le DERNIER garçon sur Terre !

– Ne dis pas de bêtises, répliqua Cabriole d'un ton sec. Ou tu l'embrasses, ou tu finis en brochette !

Clémentine, interloquée, foudroya son ami du regard et gronda :

– En tout cas, toi, tu es vraiment **LE DERNIER DES PLUS NULS** de tous les héros de contes de fées. Tu n'es qu'un vaurien, un bon à rien, un moins-que-rien !

Chapitre 6

Une bagarre de plus

Cabriole leva les yeux au ciel. Il avait l'habitude des insultes de sa princesse. En réalité, elle lui criait dessus parce qu'elle n'osait pas lui dire franchement : « Cabriole, je t'aime, je t'adore ! »

Hélas... Clémentine avait trop mauvais caractère pour avouer une chose pareille. Elle lui criait dessus pour cacher ses vrais sentiments.

Cabriole soupira de nouveau. Il avait l'habitude des lubies de son amie, mais c'était dur quand même...

– Je savais bien que ce serait **ENCORE** ma faute, marmonna-t-il. Qu'est-ce que j'ai fait de mal ?

– Tu oses le demander ? rugit Clémentine. Tu es le seul, l'unique amoureux d'une histoire de conte de fées qui demande à sa belle princesse d'embrasser quelqu'un d'**AUTRE** que lui ! Je ne te le pardonnerai **JAMAIS !** Je suis furieuse !

– D'abord, tu n'es pas une belle princesse mais la reine des casse-pieds, fulmina Cabriole. Si Lancelot t'avait connue, il t'aurait noyée dans son lac ! Si Roméo t'avait rencontrée, il se serait sauvé tellement vite que Juliette ne l'aurait jamais rattrapé ! Et ensuite, je te signale que je t'aime et que je t'adore, espèce d'idiote, alors je te préfère furieuse que croquée ! Mais ça, c'est trop dur à comprendre pour une princesse dans ton genre, parce que tu n'as qu'un petit pois dans la tête !

– Quoi ? **Tu oses me dire que tu m'aimes ?** hurla Clémentine.

– Je ne t'aime pas, je t'adore ! rugit Cabriole.

– Prouve-le ! Embrasse-moi ! explosa Clémentine.

– C'est pas le moment ! brailla Cabriole. C'est **LUI** que tu dois embrasser.

– Mais...

– **SILENCE!!!** beugla Cabriole. Choisis ! Le crapaud ou le fourneau !

Ils criaient tellement fort que leurs deux voix résonnaient sous les voûtes de l'oubliette, et jusque dans les grottes et les sombres cavernes qui s'étendaient sous le volcan, là où habitaient les dragons.

La bagarre risquait de se prolonger toute la journée et toute la nuit. La princesse et le petit bouffon faisaient tellement de bruit que le crapaud Frédéric commença à regarder la porte de l'oubliette d'un air inquiet.

– Cessez de vous disputer, grommela-t-il en sautillant nerveusement. Clémentine, arrête de dire des bêtises et embrasse-moi vite, avant que les dragons ne reviennent.

La jolie princesse fit la grimace. Elle détestait déjà Frédéric en garçon, alors en crapaud... Malheureusement, Cabriole avait raison. Elle n'avait pas le choix. Elle poussa un gros soupir, se baissa, ferma les yeux et embrassa le crapaud à travers les barreaux de la cage. Et... **POF!**

Le vrai prince Frédéric se retrouva debout devant les jeunes prisonniers, exactement comme au temps de l'École des princes charmants. Il s'agissait d'un vrai prince, l'air très distingué et très romantique, avec des cheveux blonds et brillants, des yeux bleus comme l'azur et assez de muscles pour découper un dragon en tranches très fines.

Une fois redevenu lui-même, le prince Frédéric se tâta des oreilles aux orteils pour vérifier qu'il ne lui restait pas une pustule par-ci par-là. Ensuite, il sortit sa dague de son fourreau et fit sauter le cadenas de la cage. La porte s'ouvrit en grinçant. Clémentine et Cabriole en sortirent le plus vite possible. Le prince Frédéric sourit de toutes ses dents. Il salua Clémentine comme s'il se trouvait dans la salle de bal de son château, et **VLAN !** il assomma Cabriole par surprise d'un grand coup sur la tête !

Chapitre 7

Les sinistres projets de l'affreux Frédéric

Lorsque Cabriole retrouva ses esprits, il était de nouveau enfermé dans la cage. Clémentine gisait sur le sol, ligotée et bâillonnée. Le prince Frédéric semblait très fier de lui. Il tira la langue à Cabriole et ricana :

– Adieu, minable ! J'espère que les dragons vont se régaler.

– Mais...mais... mais... bredouilla Cabriole en réalisant que sa situation redevenait désespérée.

Le petit fou était vert de frousse. Il ressemblait à un crapaud géant !

– Tu ne vas quand même pas me laisser là, tout seul ? bégaya-t-il.

– Bien sûr que si ! rigola l'affreux Frédéric.

– Et Clémentine ?

– Eh bien, expliqua gaiement l'horrible prince charmant, j'attendrai que les dragons soient tous bien occupés à te croquer et j'en profiterai pour quitter le château des nains et les montagnes

Grises sans autres ennuis. Ensuite, je ramènerai Clémentine chez son père le roi. Il sera ravi, je l'épouserai (Clémentine, pas son père) et plus tard, j'hériterai de **DEUX** royaumes au lieu d'un !

Clémentine reprenait lentement connaissance. Elle ouvrit les yeux et se rendit compte de la situation. Elle remua et tenta de se libérer, mais malheureusement pour elle, Frédéric avait reçu le premier prix en classe de nœuds marins à l'École des princes charmants. La pauvre princesse ne réussit qu'à s'écorcher les coudes et les genoux sur le sol de l'oubliette.

Frédéric rigolait toujours, l'air très content de lui. Il tira de nouveau la langue à Cabriole et recula vers la sortie.

– Tu n'as pas le droit d'enlever ma princesse ! explosa Cabriole. Clémentine m'aime ! Oui ! C'est moi qu'elle aime, et moi je l'aime ! C'est moi et moi seul qu'elle épousera !

– **Personne** n'épouse un bouffon en brochette, persifla l'ignoble Frédéric. Allez, salut, et bon appétit aux dragons !

Il souleva Clémentine, qui gigotait tant qu'elle pouvait pour se débarrasser de ses liens, la jeta sur son épaule et quitta l'oubliette en riant aux éclats.

Cabriole resta seul dans la cage, partagé entre la rage et le désespoir. Des images plus sinistres les unes que les autres se succédaient dans son esprit : les dragons en train de se lécher les babines, Frédéric assis sur un trône d'or avec une couronne sur la tête, sa jolie Clémentine en train de pleurer à chaudes larmes en pensant à lui...

Cabriole était tellement accablé qu'il ne sentait pas le temps passer. Soudain, il entendit au loin, dans les abîmes qui s'étendaient sous le volcan, une voix caverneuse crier :

– Les enfants ! À table ! Lavez-vous vite les pattes, c'est l'heure du dîner !

Cabriole frissonna. Il ferma les yeux et se dit : « Ça y est ! J'aurais mieux fait de rester chez moi à secouer mes grelots... »

Un bruit de griffes cliqueta sur les dalles. La porte de l'oubliette s'ouvrit et Krüü franchit le seuil.

– Vite, vite, je sais comment vous libérer, chuchota-t-il. Il faut...

Le dragonnet s'interrompit brusquement. Il ouvrit des yeux ronds comme des tours en constatant que la princesse avait disparu. Il agita ses cornes avec inquiétude et demanda anxieusement :

– Où est Clémentine ?

– Je n'ai pas le temps de te l'expliquer, répondit Cabriole d'une voix étranglée. Si tu as vraiment une idée, fais-moi sortir d'ici le plus vite possible !

– D'accord, murmura Krüü. Voilà ce qu'on va faire. Quand mon papa et ma maman entreront pour te dévorer, ils ne te trouveront pas dans la cage parce que tu n'y seras plus.

– Et par quel miracle ? demanda Cabriole.

– C'est très simple, affirma Krüü d'une voix triomphante. Ils ne te trouveront pas parce que je t'aurai changé en crapaud et que tu seras assez petit pour passer à travers les barreaux ! C'est une bonne idée, non ?

Chapitre 8

Crapaud ou pas crapaud, telle est la question...

Cabriole n'en croyait pas ses oreilles ! Krüü voulait le changer en crapaud alors qu'un prince changé en crapaud mais redevenu prince voulait le faire dévorer par les autres dragons. C'était le monde à l'envers !

« Ce n'est pas possible... pensa-t-il en fermant les yeux. Je fais un mauvais rêve ! C'est ça, c'est un horrible cauchemar ! Je vais me réveiller dans la cabane de mon papa le bûcheron, au fond des bois, ou alors dans la grande cuisine du château, chez Clémentine, juste à temps pour le dîner. Il y aura des saucisses, du sanglier rôti et des tartes aux pommes... Et puis les dragons, ça n'existe pas ! »

Le petit bouffon rouvrit les yeux, le cœur battant. Hélas ! Il était toujours enfermé dans sa cage. Krüü le regardait d'un air perplexe.

– Ça ne va pas ? Tu n'aimes pas mon idée ? demanda-t-il.

– Je trouve qu'il y a vraiment trop de crapauds dans cette histoire, répondit Cabriole. D'ailleurs, tu n'es pas sorcier, toi. Comment pourras-tu me métamorphoser ?

– C'est facile ! affirma Krüü. J'ai retrouvé dans

les affaires de mon papa le grimoire d'un vieux sorcier qu'on a dévoré l'an dernier. Il était un peu filandreux, mais le grimoire est en parfait état. J'ai découvert la bonne formule et je l'ai apprise par cœur. Tu veux que je la prononce tout de suite ?

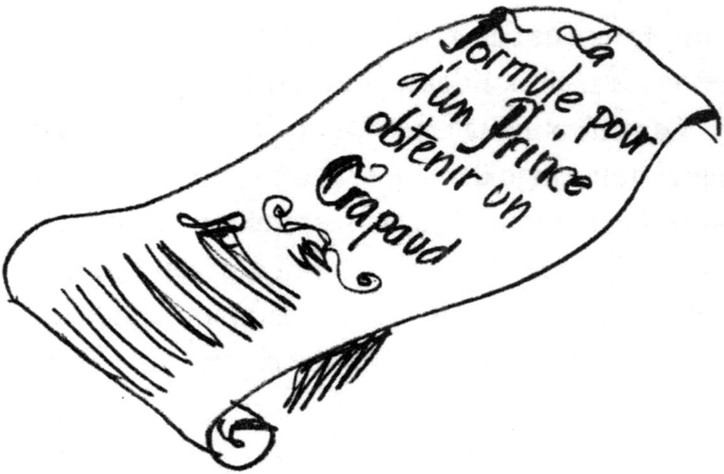

Cabriole hésitait.

– Et tu sauras me retransformer en humain ? demanda-t-il.

– Non, cette formule-là ne figure pas dans le grimoire, avoua Krüü, mais ce n'est pas grave.

– Quoi ? Mais… protesta Cabriole.

– Ce n'est pas la peine, affirma Krüü, puisqu'il suffira qu'une princesse t'embrasse pour que tu redeviennes un garçon, comme avant. Tu es amoureux de Clémentine, non ?

– Ben oui, mais...

– Alors tout ira bien ! affirma Krüü d'un ton décidé. Je ne sais pas où elle est passée mais dès qu'elle reviendra, elle t'aidera. Bon, je te transforme !

Cabriole secoua la tête pour s'éclaircir les idées. Quel dommage de ne pas avoir son chapeau vert et rouge de bouffon avec ses grelots qui tintaient gaiement dès qu'il bougeait ! Leur son l'aidait à réfléchir et le remplissait d'optimisme tandis que là, de sombres pensées l'accablaient.

« Et si l'affreux Frédéric disparaît pour toujours avec Clémentine ? Ou si elle se fait croquer avant de m'embrasser ? Je resterai comme ça toute ma vie ! Aucune autre princesse ne s'intéressera jamais à moi ! »

À cet instant, des bruits caractéristiques retentirent dans les profondeurs du volcan.

– À table ! À table ! criait la mère de Krüü.

– On arrive, on arrive, **ON A TRÈS FAIM !** trompetaient joyeusement Rïk, Räk et Rök, les trois dragonnets.

– Tant pis ! s'écria Cabriole en frissonnant. Je n'ai plus le choix ! Change-moi en crapaud et sors-moi de cette maudite cage !

Chapitre 9

Un crapaud de plus !

Krüü respira un bon coup pour se donner du courage. Il se concentra si fort que deux petits nuages de fumée sortirent de ses naseaux, et deux autres de ses oreilles. Il était sûrement très doué en sorcellerie, car la métamorphose s'accomplit sans problème. Cabriole se retrouva crapaud en un clin d'œil.

Il était temps ! Les dragons affamés pénétraient déjà dans l'oubliette.

– Ça alors ! s'exclama Casïmïr le cruel en regardant partout. Où sont passés les jeunes humains ?

– Je n'y comprends rien, grogna Värvärä la vorace. Tu ne les as pas vus, Krüü ?

– Non maman, affirma le dragonnet d'une voix innocente. Tu vois bien que je n'ai touché à rien. D'ailleurs regarde, les barreaux de la cage sont intacts.

– C'est bizarre, ça sent quand même la chair fraîche par ici, gronda Casïmïr en reniflant.

– Oui ! oui ! oui ! ça sent la chair fraîche, glapirent Rïk, Räk et Rök qui farfouillaient dans tous les coins.

Et soudain, les triplets tombèrent sur le pauvre petit crapaud qui se cachait dans le plus sombre recoin du cachot. Il n'en menait pas large !

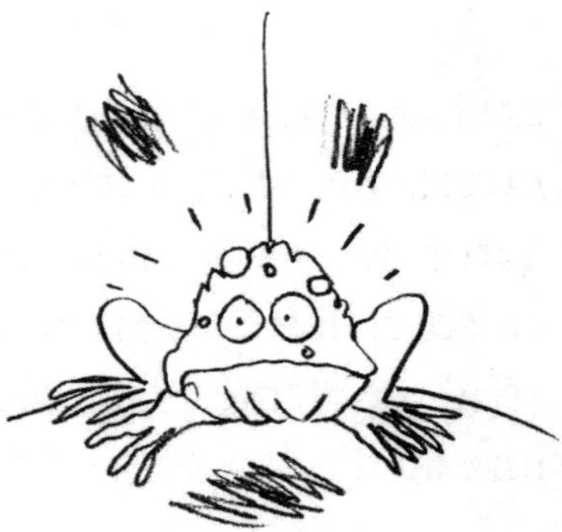

– Peuh… ce n'est qu'un vilain crapaud, grogna Rïk en fouettant l'air de sa queue pointue.

– Qu'il est moche ! Il est tout boutonneux, ajouta Räk en crachant une bouffée de fumée noire sur Cabriole.

– Oui, mais j'ai faim, moi, déclara Rök en se léchant les babines. Je m'en fiche, moi, qu'il soit moche ! Puisque vous n'en voulez pas, tant pis pour vous ! Je le croque !

« Cette fois-ci je suis cuit, il va me manger tout cru ! songea Cabriole, épouvanté. Adieu veaux, vaches, cochons, dragons, c'est la fin des haricots. »

Rök ouvrait déjà sa grande gueule pleine de crocs. Le pauvre Krüü ferma les yeux pour ne pas voir son ami se faire avaler lorsque Värvärä la vorace s'écria :

– Rök ! **Combien de fois est-ce que je t'ai dit de ne pas manger n'importe quoi !** Ce vilain crapaud traîne sans doute dans les oubliettes depuis des années. Il est sûrement vénéneux.

– Alors, qu'est-ce qu'on mange ? insistèrent les petits dragons.

Les parents réfléchirent un moment. Ils se demandaient où étaient passés les petits humains aux cheveux rouges. Värvärä la vorace agita ses grandes ailes écailleuses et finit par proposer :

– Nous pourrions manger dehors ce soir !

– C'est une excellente idée, approuva Casïmïr le cruel. Je connais une petite auberge, pas loin d'ici, où le cuisinier prépare de délicieux gigots de sanglier. Nous n'avons qu'à attendre qu'il ait tout préparé et après, nous mangerons les gigots pour commencer, ensuite les clients et enfin le cuisinier. Comme ça, pas besoin de faire les courses !

– Oui ! oui ! oui ! hurlèrent Rïk, Räk et Rök en battant gaiement des ailes. Et après, on mangera des glaces au piment !

Les dragons quittèrent le cachot. Krüü sortit le dernier. Il se retourna juste avant

de franchir le seuil et adressa un clin d'œil amical à Cabriole.

Le pauvre crapaud poussa un énorme soupir de soulagement. Il se faufila à son tour dans le couloir en tremblant comme une feuille (verte).

– Sauvé, une fois de plus, marmonna-t-il. Et maintenant, je dois **ABSOLUMENT** retrouver Clémentine pour qu'elle m'embrasse !

Chapitre 10

Clémentine s'en tire toujours !

Cabriole le crapaud sautillait nerveusement dans les couloirs. Il s'enfonça dans les mines abandonnées, sous le château. Il n'en menait pas large ! Des ombres lugubres, semblables à d'immenses chauves-souris, s'étendaient autour de lui.

Cabriole n'avait pas le choix ! Il devait retrouver Clémentine avant le retour des dragons.

Cabriole avait oublié que sa chère Clémentine n'était **ABSOLUMENT PAS** le genre de princesse à se laisser kidnapper. C'était même exactement le contraire ! Le petit fou découvrit au détour d'un couloir un spectacle assez inhabituel : Clémentine dansait la valse autour du prince Frédéric ligoté, bâillonné et pendu par les pieds à une grosse stalactite. L'affreux prince charmant ressemblait à un énorme saucisson en vente chez le boucher !

Le prince Frédéric avait voulu embrasser Clémentine et elle avait profité de la situation pour ramasser une grosse pierre qui traînait sur le sol et pour lui donner un bon coup sur la tête. Chacun son tour !

– Clémentine ! Ma chère Clémentine, c'est toâ, quelle joâ ! heu, c'est toi, quelle joie ! je te retrouve enfin, coassa Cabriole le crapaud d'une voix tremblante d'émotion.

– Encore un crapaud qui parle ? grommela Clémentine en fronçant les sourcils. Qui es-tu ?

– Tu ne me reconnais pas ? gémit le pauvre crapaud d'un ton lamentable. C'est moi, ton ami, ton aimé, ton amour, ton cher Barnabé Cabriole !

– Quoi ? Toi ? Mais pourquoi ? bredouilla Clémentine en écarquillant les yeux. Tu es devenu crapaud ? Comment t'es-tu débrouillé ?

– Ben... C'est un peu long à expliquer, mais il faudrait que tu m'embrasses, s'il te plaît, marmonna le crapaud en bondissant d'impatience.

– T'embrasser ? répéta Clémentine. Et pourquoi est-ce que j'embrasserais un vilain crapaud baveux ?

Elle semblait de très mauvaise humeur. Cabriole le crapaud commençait à s'inquiéter. Sa chère princesse était capable de le laisser crapaud rien que pour lui compliquer l'existence. Et en plus, les dragons n'étaient sûrement pas loin. Il fallait se dépêcher !

– Et pourquoi diable t'embrasserais-je ? insista Clémentine d'un ton belliqueux.

– Ben… pour que je redevienne moâ, heu, moi, répondit Cabriole, de plus en plus inquiet.

– Et puis quoi encore ! explosa Clémentine. Tu n'es qu'un nul !

– Mais… protesta Cabriole.

– Silence ! ordonna Clémentine. Tu me demandes d'embrasser un autre garçon, ensuite tu le laisses me kidnapper comme une vulgaire princesse ordinaire, tu me laisses me débrouiller toute seule au lieu de venir me sauver sur un beau cheval blanc et de massacrer mon ravisseur à grands coups d'épée, et **EN PLUS**, tu veux que ce soit **MOI** qui te sauve ? Tu en as du culot !

– Mais… mais… mais… gémit Cabriole.

– **MÊÊ, MÊÊ…** se moqua Clémentine en lui tirant la langue. Ce n'est pas en crapaud qu'on aurait dû te changer, mais en mouton !

– Sois raisonnable, la supplia Cabriole en sautillant de plus belle. Tu sais bien que si je t'avais sauvée au lieu de te laisser te débrouiller toute seule, tu aurais été encore plus furieuse contre moi !

– Ça c'est vrai ! reconnut Clémentine en clignant de l'œil.

– Et puis c'est toi l'héroïne de cette histoire, ajouta le crapaud d'un ton câlin. C'est toi qui es belle, et courageuse, et même héroïque. Moi, je ne suis qu'un petit fou qui aime les tartes aux pommes et la soupe au potiron. J'aime seulement te faire rire, te faire chanter, te faire danser... Je n'ai jamais voulu devenir un héros !

– C'est vrai... admit encore Clémentine d'une voix rêveuse. Les héros, il y en a dans toutes les histoires, mais un ami comme toi, c'est rare...

– Alors... murmura Cabriole d'un ton plein d'espoir.

– Ferme les yeux et tiens-toi tranquille... lui recommanda Clémentine d'une voix douce.

Le crapaud ferma les yeux le plus fort possible et attendit. Son cœur de garçon battait très fort dans sa poitrine de pauvre crapaud. Il sentit les lèvres de Clémentine le toucher et...

Et rien du tout ! Cabriole restait crapaud comme avant !

Chapitre 11

Le retour de Malondine

Crapaud ! Encore crapaud ! Toujours crapaud ! Catastrophe ! Calamité ! Consternation ! Cabriole cabriolait comme un fou, pas de joie, comme dans les forêts de son enfance, mais de rage, de fureur et d'épouvante. Il ne s'en sortirait jamais ! Et pendant ce temps-là, l'affreux Frédéric, ligoté et bâillonné, pendait toujours à sa stalactite.

– Mais… mais… **ça ne marche pas!** hurla Cabriole. Je suis **ENCORE** crapaud ! Qu'est-ce qui se passe ?

– Je n'en sais rien, répondit Clémentine, perplexe. Dans les livres ça réussit à **tous** les coups. La princesse embrasse le prince charmant et…

Elle s'interrompit, écarquilla les yeux et s'écria :

– Malédiction ! J'ai compris !

– Compris ? Compris quoâ ? coassa le crapaud.

– Tu n'es **PAS** un prince charmant, lui rappela tristement Clémentine. Tu n'es qu'un garçon ordinaire, un fils de bûcheron, c'est pour ça que le sortilège ne fonctionne pas avec toi. Je suis incapable de t'aider !

– Alors, je resterai crapaud toute ma vie ? Ce n'est pas possible ! C'est injuste ! C'est **incroâyable !** C'est **scandoâleux !** hurla Cabriole en perdant son sang-froid.

Clémentine ne répondit pas. Pour une fois, elle semblait absolument désespérée. Elle s'agenouilla à côté de son ami et lui caressa doucement la tête.

– Je suis désolée, Barnabé, mais cette fois, je ne sais plus quoi faire, avoua-t-elle tristement.

Cabriole frissonna de toutes ses pustules ; Clémentine ne l'appelait presque jamais par son prénom. La situation était vraiment catastrophique !

À cet instant, une voix étrange s'éleva dans l'ombre :

– Hé ! hé ! hé !... J'ai l'impression que

vous êtes fichus. Moi, je veux bien vous aider, mais ça va vous coûter cher...

Clémentine et Cabriole se tournèrent vers le coin sombre d'où venait la voix. Une fillette aux pieds nus, vêtue de noir et de vert, les regardait d'un air malicieux. C'était Malondine !

– Tu pourrais guérir mon cher Cabriole ? demanda Clémentine en oubliant son orgueil.

– Absolument ! déclara Malondine d'une voix assurée. Mais à **UNE** condition.

– Laquelle ? Je ferai n'importe quoi ! assura Clémentine.

– **moâ** aussi ! **moâ** aussi ! hurla Cabriole.

Malondine hésita. Elle semblait très troublée. Elle poussa un profond soupir et avoua :

– Je suis amoureuse du prince Frédéric !

– Quoi ? hurla Clémentine.

– COÂ ? hurla Cabriole.

Ils levèrent les yeux vers Frédéric le saucisson qui, tout rouge et la tête en bas, se débattait désespérément.

– J'ai besoin d'aide ! insista Malondine. Frédéric ne m'aime pas, il se moque de moi, c'est affreux !

Clémentine réfléchit une seconde, frappa brusquement entre ses mains et s'exclama :

– Bien sûr ! J'ai compris ! C'est ce que voulait dire ta chanson !

La petite princesse ferma les yeux pour mieux se souvenir et chantonna doucement :

Verts mes yeux,
vert mon ruisseau
et vert mon secret.
Verts mes yeux,
jaune la lune
et doux mon secret…

Malondine se tut. Clémentine, très excitée, frappa entre ses mains et précisa :

– C'ÉTAIT FRÉDÉRIC TON SECRET ! Le crapaud vert caché dans la poche de Cabriole ! Tu savais qu'il était là !

– Oui, confessa Malondine. Je l'avais vu dans la boule de cristal de mon père.

Elle regarda pensivement le jeune prisonnier et continua :

– J'ai rencontré Frédéric l'an dernier. Sa mère, la reine, était venue acheter un médicament à mon père. Je l'aime, mais lui me méprise parce que je ne suis pas princesse !

Chapitre 12

Le choix de Malondine

Quelle belle histoire ! Clémentine et Cabriole n'en croyaient pas leurs oreilles ; d'ailleurs, le petit crapaud n'était pas très sûr d'en avoir, des oreilles...

– S'il te plaît, Clémentine, libère Frédéric, supplia la jeune sorcière.

– **NON !** Toi d'abord ! Délivre Cabriole, répliqua la princesse.

– Si je fais ça, qu'est-ce qui me prouve que tu m'aideras quand même ?

– Rien, admit Clémentine. Tu dois me faire confiance.

– Mais...

– Tu es amoureuse, non ? demanda Clémentine. L'amour, ce n'est pas facile à obtenir. Eh bien ! l'amitié, c'est pareil ! Tu dois nous faire confiance.

La princesse jeta un regard narquois au crapaud accroupi à ses pieds et expliqua :

– Il n'en a pas l'air comme ça, mon Cabriole, mais c'est un héros, et un vrai ami ! Fais-lui confiance, et nous t'aiderons, mais...

Elle contempla ensuite la silhouette de Frédéric et avoua :

– Je ne sais pas ce qu'il pense, ni ce qu'il fera. Je ne l'aime pas beaucoup, tu sais. Il venait en visite au château de mon papa le roi, et il était carrément insupportable. Il ne regardait même pas Cabriole parce qu'il n'était qu'un petit fou. Il insultait les marmitons, les pages et les garçons d'écurie.

Clémentine haussa les épaules.

– Frédéric est un prince charmant comme je les déteste : vantard, vaniteux, prétentieux. Je ne peux pas le forcer à t'aimer.

Clémentine hésita et dit enfin :

– Mais toi, tu as des pouvoirs magiques, n'est-ce pas ? Tu pourrais le fasciner et l'entraîner avec toi...

– Oui, répondit lentement Malondine, mais je ne le veux pas. Je veux qu'il m'aime normalement...

Elle pâlit et décida :
– Tant pis ! Je prends le risque !
Elle se pencha vers Cabriole et chantonna :

Crapaud, crapaud,
toi le baveux, toi le pas beau,
crapaud, crapaud,
le très affreux, toi le vert d'eau,
crapaud, crapaud,
redeviens toi, redeviens beau !

Et **HOP!** le crapaud disparut dans un nuage de fumée verdâtre.

Cabriole réapparut à sa place. Victoire ! Il était sauvé ! Il bondit de joie en hurlant :

– hourra ! hourra ! je suis moi !

Clémentine lui sauta au cou et l'embrassa comme une folle !

Clémentine et Cabriole dansaient de joie. Malondine les regardait d'un air étrange. Elle semblait muette, pensive, et jalouse. Clémentine et Cabriole, un peu gênés, s'écartèrent l'un de l'autre.

Chapitre 13

Le grand amour de Malondine

Cabriole était délivré du sortilège, mais le prince Frédéric pendait toujours à sa stalactite, la tête en bas. Clémentine s'approcha de la jeune sorcière.

– Je ne comprends vraiment pas pourquoi tu l'aimes, soupira-t-elle.

– Sans raison ! clama passionnément Malondine. Je l'aime parce que je l'aime, c'est tout !

Clémentine et Cabriole échangèrent un regard soucieux. Pour commencer, l'affreux Frédéric était très dangereux. Ils n'avaient **ABSOLUMENT PAS** envie de le libérer. Et si Frédéric et Malondine s'alliaient, ils deviendraient terriblement dangereux.

– Écoute, Malondine, commença Clémentine d'une voix hésitante, je me demande si c'est vraiment une bonne idée…

– Tant pis ! décida Cabriole. Fais ce qu'elle te demande !

– Mais…

– Pour une fois, pour une fois, écoute-moi ! s'énerva le petit fou. Libère Frédéric ! Je ne veux pas redevenir crapaud. Et puis…

Cabriole jeta un coup d'œil pensif à Frédéric et insista :

– Il a droit à une deuxième chance. Vas-y, libère-le !

– Bon, bon, d'accord, soupira Clémentine en haussant les épaules. On verra bien.

Elle tira une dague de sa ceinture et libéra Frédéric, qui s'effondra sur le sol. Il pendait la tête en bas depuis si longtemps qu'il lui fallut un bon moment pour reprendre ses esprits.

– Attendez que je me sente mieux... grogna-t-il.

– Mais bien sûr, mon cher fiancé, assura Clémentine avec un grand sourire.

Elle ramassa une pierre sur le sol et **VLAN!** elle l'assomma d'un grand coup sur le crâne.

– Tu es folle ! s'écria Malondine. Tu l'as tué !

– Mais non, il a la tête dure, assura Clémentine. Si tu veux le convaincre de t'aimer, il te faudra du temps. Seulement les dragons vont bientôt revenir.

Elle regarda autour d'elle et demanda :

– Où habites-tu ?

– Pas loin d'ici, répondit la jeune sorcière, au pied du volcan, près de la rivière aux Saules.

– Parfait, répliqua Clémentine. Allons-y !

Elle se pencha sur Cabriole et lui ordonna :

– Aide-moi à porter Frédéric. Attrape-le par les pieds, moi je prends sa tête. En route !

Malondine hésitait, déconcertée par la hardiesse de Clémentine.

– Suivez-moi ! décida-t-elle. Je connais bien le château des dragons, je l'explore souvent quand ils ne sont pas là. Il y a une trappe dans un des couloirs. Elle menait jadis aux mines qui s'étendent sous la terre.

– Bonne idée ! Je ramasserai un peu d'or en passant, plaisanta Cabriole.

Chapitre 14

Près de la rivière

Clémentine, Cabriole et Malondine, portant toujours Frédéric, s'enfoncèrent dans les souterrains lugubres.

Ils marchèrent longtemps, trébuchèrent sur des tas de cailloux pointus et ressurgirent enfin en pleine campagne, loin du nid des dragons et des montagnes Grises.

Cabriole émergea du tunnel avec satisfaction. Il aida ses compagnes à étendre le prince Frédéric dans l'herbe, puis il cligna des yeux au soleil.

– Dommage, je n'ai pas trouvé la moindre pépite au fond de la mine ! regretta-t-il.

– Et que ferais-tu avec ? lui demanda Clémentine d'un ton narquois. Tu t'achèterais un chapeau neuf avec des grelots en or ?

– Pas un chapeau, un château, rectifia Cabriole. Si j'étais riche, je m'y installerais et je deviendrais un prince charmant de première classe !

– Oui, oui, mais si tu devenais un prince charmant, il te manquerait quelque chose, affirma Clémentine.

– Ah oui ? Et quoi donc ? demanda Cabriole.

– Ça ! répliqua Clémentine.

Et **HOP !** Elle lui planta un beau baiser sur la joue ! Cabriole devint rouge comme trois cerises à la fois. Malondine, pensive, jeta un long regard à Frédéric, toujours inconscient...

Les jeunes fugitifs marchèrent jusqu'à la rivière aux Saules.

La maison de Malondine se dressait au bord de l'eau. Le lierre recouvrait les murs de pierre, les pignons et les cheminées. Un vieil épouvantail surveillait le puits entouré d'une margelle de fer forgé. De grands chênes, des pommiers au tronc mousseux, des poiriers un peu bossus et, bien sûr, des saules dorés, délicats, frémissants, l'entouraient.

– Mes parents ne sont pas là, expliqua Malondine. Mon père est parti acheter un balai neuf pour mon petit frère et ma mère rend visite à sa famille au fond de la rivière.

Un chat noir installé sur une grosse souche et un hibou perché sur la margelle du puits regardaient Cabriole d'un air intéressé. Le chat semblait dire : « Tiens, tiens, tiens, on dirait un ancien crapaud. Il sent drôlement bon ! »

Le hibou clignait des yeux et claquait du bec d'un air gourmand, comme s'il répétait à la façon d'un perroquet : « Drôlement bon ! Bon à croquer ! Croquer craquant ! Craquant comme un craquelin ! »

Le chat et le hibou n'avaient pas tort : Cabriole se sentait encore un peu crapaud. Il avait brusquement terriblement besoin de se baigner ! Il prit son élan et **PLOUF !** il plongea dans la rivière et barbota un moment en bousculant toutes les grenouilles des environs, les vraies. Elles se disaient sûrement que ce jeune humain n'était qu'une grosse brute, et qu'elles auraient préféré se baigner avec un crapaud charmant, bien vert et bien baveux...

Cabriole nagea un bon moment, puis ressortit de l'eau, un nénuphar sur la tête. Il s'ébroua pour se sécher, gambada un instant dans l'herbe et demanda gaiement :

– Bon ! Et maintenant, qu'est-ce qu'on fait ?

Clémentine haussa les épaules et murmura :

– C'est à toi de décider, Malondine.

La jeune sorcière ne répondit pas. Elle se pencha sur Frédéric. Le prince charmant, étendu dans l'herbe, ne bougeait pas. Ses yeux restaient clos.

Malondine se releva, ramassa une cruche posée sur le rebord de la fenêtre et alla la remplir dans la rivière. Elle revint près du garçon évanoui, s'agenouilla à ses côtés et baigna son visage d'eau fraîche.

– Où... où suis-je ? murmura Frédéric.

– Celui-là, il n'est jamais capable de dire quelque chose d'original, ironisa Clémentine.

– J'en ai assez de tes grands airs de princesse ! gronda Malondine.

– Et alors ? répliqua Clémentine d'un ton menaçant.

– Alors ? Alors tout le monde va redevenir crapaud, et plus vite que ça !

Clémentine fronça les sourcils mais en réalité, elle dissimulait un sourire. Elle détestait les princesses un peu bébêtes qui obéissaient à leur père le roi, à leur grand-tante Ernestine, au fantôme du donjon, à l'ogre du grenier ou même au prince charmant du coin. Bref, Clémentine était contente de connaître une fille au caractère aussi décidé. Mais Cabriole, lui, fit la grimace. Il avait eu assez d'ennuis pour la journée, et même pour toute la semaine !

– Ah non alors ! explosa-t-il. Tu ne vas pas me faire ça avec ce chat et ce hibou qui me regardent d'un drôle d'œil. Nous sommes tes amis, après tout !

– Mes amis ? répéta Malondine d'un air buté.

– Tu **DOIS** me faire confiance, insista Clémentine d'un ton grave. Je ne suis pas une princesse comme les autres. Devenons amies !

La jeune sorcière regarda longuement Clémentine dans les yeux, comme pour lire dans ses pensées. Elle poussa un long soupir et dit :

– Très bien. Je te fais confiance...

Elle retourna au ruisseau, ramassa quelques gouttes d'eau au creux de sa main et les lança sur Frédéric en récitant :

Mon amour aux cheveux d'or,
mon amour du bord de l'eau,
mon amour aux yeux mi-clos,
mon amour est le plus fort.

Chapitre 15

Le retour des dragons

Frédéric se releva lentement. Cabriole et Clémentine échangèrent un regard soucieux : la jeune sorcière venait-elle d'ensorceler le prince charmant ?

– J'ai une idée, chuchota Clémentine. Laissez-moi seule avec lui.

– Seule avec un prince charmant ? grogna Cabriole, déjà jaloux.

– Oui ! déclara Clémentine d'un ton sans réplique. Cachez-vous derrière le puits.

Cabriole et Malondine obéirent. Il était temps : Frédéric poussa un grognement sourd et ouvrit les yeux.

– Où... où suis-je ? demanda-t-il d'une voix éteinte.

– Toujours original, marmonna Clémentine entre ses dents. Bon, allons-y...

Elle adressa un clin d'œil à Cabriole caché derrière la margelle et lança d'une voix forte :

– Oh ! Frédéric ! Mon héros ! Tu te réveilles enfin !

– Que... que s'est-il passé ? demanda le prince charmant d'une voix pâteuse.

– Comment ? Tu ne t'en souviens pas ? s'exclama Clémentine. Mon héros ! Tu m'as sauvée des griffes des dragons.

– Moi ? Quoi ? Des dragons ? bredouilla Frédéric, qui n'y comprenait plus rien.

– Bien sûr ! continua Clémentine avec un bel enthousiasme. Tu les as assommés, écrabouillés, exterminés ! Seulement le dernier, le plus féroce, t'a donné un grand coup de patte sur la tête avant de mourir, alors tu ne te souviens plus très bien de ce qui s'est passé. Mais tu es un héros ! Quand mon papa le roi saura ça, il te donnera tout ce que tu lui demanderas !

– Ah oui ? demanda Frédéric d'un ton un peu plus assuré. Tu crois ?

– Évidemment ! répliqua Clémentine. Ensuite, je pourrai t'épouser. Seulement...

– Seulement ? répéta Frédéric en se grattant la tête.

– Hum... Il te reste encore un minuscule petit exploit à réussir avant.

– Ah bon ? Quel exploit ? demanda Frédéric d'un ton faraud.

Clémentine avait l'intention d'inventer une histoire, n'importe laquelle, un mensonge plus gros qu'elle, mais elle n'en eut pas le temps.

– Que dois-je faire ? insista Frédéric.

« Qu'est-ce qu'elle va encore inventer ? » pensa sombrement Cabriole.

La petite princesse se tut brusquement. Elle rougit, pâlit, verdit et gargouilla :

– **Gargl**...

– Qu'est-ce que tu dis ? s'étonna Frédéric.

– **Glllp**... **Gurgl**... gémit Clémentine d'un air tout à fait idiot.

– Tu es malade ? Tu as avalé un crapaud... heu, je veux dire, tu ne te sens pas bien ? s'inquiéta le prince charmant.

Clémentine tremblait de tous ses membres. Elle tendit la main en montrant un point derrière Frédéric. Il se retourna et blêmit à son tour : les six dragons rouges étaient là, juste derrière le puits. Cabriole et Malondin, prudemment accroupis, ne se doutaient de rien !

Casïmïr le cruel souriait de tous ses crocs, Värvärä la vorace se léchait les babines, le pauvre Krüü baissait les cornes d'un air lamentable, Rïk, Räk et Rök crachaient des étincelles d'excitation.

Frédéric poussa un cri étranglé. Cabriole et Malondine se retournèrent à leur tour et virent les dragons. Ils sautèrent sur leurs pieds et coururent vers leurs compagnons.

Les dragons battaient des ailes. Leurs yeux luisaient comme des braises !

Clémentine fonça sur Cabriole pour le protéger. Cabriole se rua sur Clémentine pour faire rempart devant elle. Ils se heurtèrent violemment et s'écroulèrent sur le sol. Frédéric se figea, paralysé par la stupeur, mais Malondine se dressa face aux dragons et s'exclama :

– Arrêtez-vous !

Casïmïr le cruel ouvrit sa grande gueule écarlate et hurla :

– Silence, sorcière ! Pas question de t'écouter !

– Cette fois, on les carbonise ! ajouta Värvärä la vorace. Courage, les enfants ! Crachez vos flammes !

Clémentine et Cabriole, blottis l'un contre l'autre, se serrèrent une dernière fois la main...

Frédéric retrouva soudain ses esprits. Il s'interposa vivement entre Malondine et les dragons. Il leva la main et s'écria à son tour :

– Attendez ! J'ai un marché à vous proposer !

Chapitre 16

Le choix de Frédéric

Krüü s'immobilisa. Il espérait encore que ses amis échapperaient à la casserole. Les dragons adultes secouèrent les cornes d'un air impatient. Les trois petits salivaient comme de vraies fontaines. Pourtant, Frédéric ne se laissa pas impressionner. Il respira un bon coup et lâcha le plus vite possible :

– Écoutez ! Je suis prince, et mon père, le roi, a de nombreux troupeaux dans les prairies de son château : des moutons, des bœufs, des vaches, des chèvres et même des grenouilles apprivoisées qui grimpent aux échelles pour prévoir les orages. Laissez-nous partir, et il vous les donnera tous à manger !

– Pas question ! rugit Casïmïr.

– Attendez ! répéta Frédéric d'un ton pressant. Vous avez faim, c'est normal, alors mangez ces deux-là en attendant !

Cabriole et Clémentine en restèrent muets de stupéfaction ! Frédéric continua en désignant Malondine :

– Mais elle, et moi bien sûr, laissez-nous tranquilles.

– Elle ? demanda Rïk qui se grattait la corne droite avec sa longue langue fourchue.

– Oui, pourquoi elle ? ajouta Räk en fouettant l'herbe de sa longue queue écailleuse.

– Elle a l'air ab-so-lu-ment délicieuse ! renchérit avidement Rök en remuant les mâchoires.

Frédéric rougit très fort et déclara :

– Il faut la laisser tranquille parce que... parce que... je l'aime, voilà !

Il haussa les épaules et ajouta :

– Mais les deux autres, mangez-les, croquez-les, dévorez-les avec de la moutarde, je m'en moque !

– Hourra ! Bravo ! La vie est belle ! s'écria Clémentine.

– B-B-BELLE ? s'étrangla Cabriole. Et pourquoi ?

– Frédéric est amoureux de Malondine ! Et Malondine de Frédéric ! Tout va bien ! Tout s'arrange ! C'est drôlement romantique !

– Ah oui ? maugréa Cabriole. Et s'ils nous dévorent ? Et en plus, je déteste la moutarde !

– Ben… Je n'avais pas pensé à ça, avoua la princesse.

– C'est normal, tu es tellement romantique, grinça Cabriole. Les histoires d'amour, ça te tourneboule la cervelle !

– Comment oses-tu dire ça ? rugit Clémentine.

– Oh ! Je te demande humblement pardon, noble princesse, rétorqua Cabriole. C'est vrai, ta cervelle n'a aucun problème.

Il lui tira la langue et ajouta vivement :

– Forcément ! Tu n'en as pas !

Dragons ou pas, Clémentine et Cabriole étaient repartis pour se battre jusqu'au coucher du soleil ! Krüü, qui les connaissait bien, leva les yeux au ciel. Ses petits frères rigolaient à gueule déployée. Hélas, Värvärä la vorace fronça les naseaux et déclara :

– Ça suffit ! S'ils se disputent trop, ils seront de mauvaise humeur et ça leur donnera très mauvais goût ! Préparez-vous, les enfants, il est temps de les dévorer !

– Aïe ! aïe ! aïe !... soupira le petit fou.

– En plus ils sont six, ajouta la princesse. On ne finira même pas dans le ventre du même dragon...

Mais naturellement, l'histoire de la jolie Clémentine et du gentil Cabriole ne pouvait pas terminer dans le sang et les larmes, la bave de dragon et la moutarde au piment ! Malondine intervint donc et s'exclama :

– Pas question de les manger ! Noble Casïmïr et puissante Värvärä, sachez que j'ai ensorcelé Krüü, votre fils aîné, il n'y a pas longtemps. Je n'ai qu'un mot à dire pour le changer en lézard à trois pattes ! Laissez mes amis tranquilles !

Les parents dragons se figèrent, l'air méfiant. Ils hésitèrent un moment, lâchèrent même un nuage de fumée grise pour se consulter en secret, à l'abri des regards, puis la mère décida :

– Les enfants, on s'en va !

– Mais maman… protesta Rïk en éternuant une étincelle.

– On n'a qu'à les dévorer d'un seul coup avant de rentrer chez nous, ajouta Räk en recrachant une escarbille.

– C'est ça ! Avec le chat et le hibou en dessert ! conclut Rök dont les yeux brillaient comme des escarboucles.

– **NON !** gronda Casïmïr le cruel. C'est trop risqué ! Je refuse que mon fils aîné soit transformé en lézard. Cette magicienne est dangereuse.

Les triplets obéirent à contrecœur. Ils reculèrent, déployèrent leurs ailes…

Les beaux dragons rouges s'envolèrent tous ensemble et filèrent en direction des montagnes Grises. Seul Krüü s'attarda un instant. Il tournoya au-dessus des saules, du puits et de la maison, en criant :

– À bientôt, mes amis ! À bientôt !

Les enfants se retrouvèrent seuls entre les saules frémissants et la maison couverte de lierre. Le chat et le hibou jouaient à cache-cache avec un korrigan qui passait par là.

Cabriole poussa un soupir de soulagement. Malondine sourit à Clémentine et lui dit :

– Repars avec ton ami, princesse.

– Mais pourquoi ? s'étonna Frédéric. Ils ne sont **PAS** nos amis.

– Si ! répliqua fermement la jeune sorcière. Ils m'ont fait confiance !

Elle regarda gravement Frédéric et continua :

– Tu m'aimes, Frédéric, mais tu es méchant, vaniteux, égoïste. J'aimerais tant que tu changes, pour l'amour de moi…

Le prince charmant rougit très fort. Il hésita un bon moment et tendit enfin la main à Clémentine.

– Bon… Sans rancune ? demanda-t-il d'une voix mal assurée.

– Sans rancune ! affirma la princesse.

Frédéric se tourna vers Cabriole et lui demanda :

– Tu ne m'en veux pas trop ?

– Mais non, mais non, j'ai juste envie de te massacrer ! répliqua le petit fou.

Il ajouta en clignant de l'œil :

– Heureusement que je sais me retenir !

Frédéric sourit malgré lui. Les deux garçons se donnèrent l'accolade.

Frédéric prit la main de Malondine. Ils sourirent encore une fois à leurs compagnons, pénétrèrent dans la maison et refermèrent la porte derrière eux.

Épilogue

Clémentine et Cabriole s'éloignèrent à pas lents. Les saules penchaient vers la rivière, qui chantait entre les joncs. Le chat, le hibou et le korrigan se poursuivaient dans les hautes herbes.

Cette fois, Clémentine et Cabriole étaient vraiment seuls.

– Et maintenant, qu'est-ce qu'on fait ?

– Je pourrais rentrer chez mon papa le roi ? suggéra Clémentine.

– C'est ça ! Et il me fera couper la tête !

– Ou alors, on pourrait partir à l'aventure, sur les routes et les chemins, et monter un spectacle dans les foires.

– Un spectacle ? demanda Cabriole.

– Mais oui ! Ça s'appellerait « **Clémentine la courageuse, dompteuse de dragons** ». Je tirerais la queue de Krüü, et puis je ferais sauter Rïk, Räk et Rök dans un cerceau. Pendant ce temps-là, toi, tu mettrais la tête dans la gueule de Värvärä la vorace pour impressionner le public.

– IL-N'EN-EST-PAS-QUESTION ! martela Cabriole. Je préférerais encore redevenir crapaud !

– J'adorerais ça ! rigola Clémentine.

– Et pourquoi ? s'indigna Cabriole.

– Parce que comme ça, j'aurais un bon prétexte pour t'embrasser sans arrêt ! répondit son amie.

Et HOP ! ils s'embrassèrent de tout leur cœur. Heureusement qu'il n'y avait personne pour les regarder, à part le chat aux yeux verts, le hibou aux yeux jaunes et le korrigan aux oreilles pointues.

TABLE DES MATIÈRES

Castor Poche

Des romans pour les grands

TITRES DÉJÀ PARUS

Castor Poche

La princesse qui détestait les princes charmants

PAUL THIÈS

« – Ah ! là ! là ! se lamentait le roi, si au moins ma petite fille pensait aux carrosses et aux citrouilles comme une princesse normale au lieu de mettre du piment rouge dans mon ragoût. »

Non seulement Clémentine déteste les princes charmants, mais ses talents de farceuse surpassent ceux de son ami, le bouffon Cabriole ! Excédés par ses bêtises, ses parents l'envoient à l'école des Princesses pour lui apprendre les bonnes manières. Pauvre Clémentine ! Elle va devoir supporter la directrice, Cunégonde la redoutable, et ses horribles régimes. Heureusement, Cabriole va l'aider à se sortir de là… et à donner une bonne leçon aux princes charmants !

Castor Poche

Sauvons les dragons !

WILLIS HALL

« – Et maintenant, mesdames et messieurs, avec l'aide de mon assistant, je vais réaliser un tour de magie exceptionnel. Du jamais vu, à vous couper le souffle. Le jeune Edgar Rollins va se volatiliser sous vos yeux ! »

Lorsque le garçon entre dans la grande boîte noire censée le faire disparaître, il est transporté des siècles en arrière, à l'époque des chevaliers de la Table ronde... Car le magicien à l'origine du tour n'est autre que Merlin l'Enchanteur ! Le célèbre sorcier a en effet besoin d'Edgar pour mettre fin au massacre des dragons par le roi Arthur...
S'il veut rentrer un jour chez lui, le garçon a tout intérêt à remplir sa mission !

Castor Poche

Imprimé à Barcelone par:

BLACK PRINT

Conception graphique et mise en pages : Frédérique Deviller

Dépôt légal : mai 2012
N° d'édition : L.01EJEN000801.N001

Loi n°49-956 du 16 juillet 1949
sur les publications destinées à la jeunesse